Collection animée
par Suzanne Bukiet

Ces livres de voyages et d'aventures conduisent vers d'autres temps, d'autres lieux, à travers l'imaginaire, l'art et la poésie.

Dans la même collection :

Les diables rient
Les babouches d'Abou Kassem
Alhambra la rouge
Les sept coqs de l'aube
Ondine et poisson chat
Rencontres
Le conteur d'étoiles
N'Zebrun
Fouilles dans la vallée

Achevé d'imprimer au 2e trimestre 1990
par Litoprint - Madrid
Imprimé en Espagne

Feuilles

LE CONTEUR D'ÉTOILES

Texte et illustrations
de Alex Godard

Et maintenant:

«Rété kouté
Kouté pou'w tann
Tann pou'w konprenn!»

«Écoute
Écoute pour entendre
Entends pour comprendre!»

SYROS
ALTERNATIVES

DEPUIS plusieurs lunes pas un enfant n'était venu écouter le conteur d'étoiles. Il se sentait malheureux, et parfois, à la tombée de la nuit, à l'heure où jadis il contait mille et une histoires, quelques larmes scintillaient dans ses yeux aveugles usés par le temps, et coulaient lentement sur ses joues creuses.

Aucun enfant ne le pressait plus de conter ces merveilleuses histoires aux rebondissements imprévisibles, cocasses et parfois inquiétantes, dont lui seul avait le secret.

Lui seul, jusqu'au jour où...

Rété kouté mé zanmi!

Madame Louise, l'institutrice, l'avait reçu un matin, emballé dans une boîte en carton. Cela devait peser très lourd car elle s'était fait aider pour le porter jusqu'à sa maison.

— HI HI HI! avait gloussé le conteur quand on lui avait appris la nouvelle, moi, on n'a pas besoin de me brancher pour me faire parler! Pourtant, dès le premier soir, tout ce que le village comptait d'enfants s'en était allé chez madame Louise pour voir et entendre le nouveau conteur.
Désormais, dès six heures, plus un enfant n'arpentait les rues du village en s'esclaffant. Tous et même quelques adultes se retrouvaient chez l'institutrice, autour de... l'autre!
Voilà qu'on prétendait à présent que l'autre connaissait beaucoup plus d'histoires que lui, le conteur d'étoiles! Lui qui avait vécu tant de choses, de l'éruption de la Pelée aux cyclones les plus violents. Mais, parce qu'il avait vécu toutes ces choses, le conteur, malgré sa tristesse, savait qu'il fallait prendre patience. Toute pente a son versant, pensait-il.
Cela dura encore plusieurs *carêmes.*

Un soir, une violente tempête déracina de nombreux arbres et le village tout entier se retrouva dans l'ombre, privé de courant.
On avait beau appuyer sur tous les boutons, l'autre ne rendait plus aucun son, aucune image.
Personne ne savait quoi faire...
Alors les adultes se remirent à parler de déveine et de canne à sucre, comme avant sous les vérandas, et les enfants à jouer, sans gaieté.
L'air était tiède. Les carillons des criquets et des grenouilles invisibles dans les buissons annonçaient la tombée de la nuit. Les lucioles faisaient leur apparition.

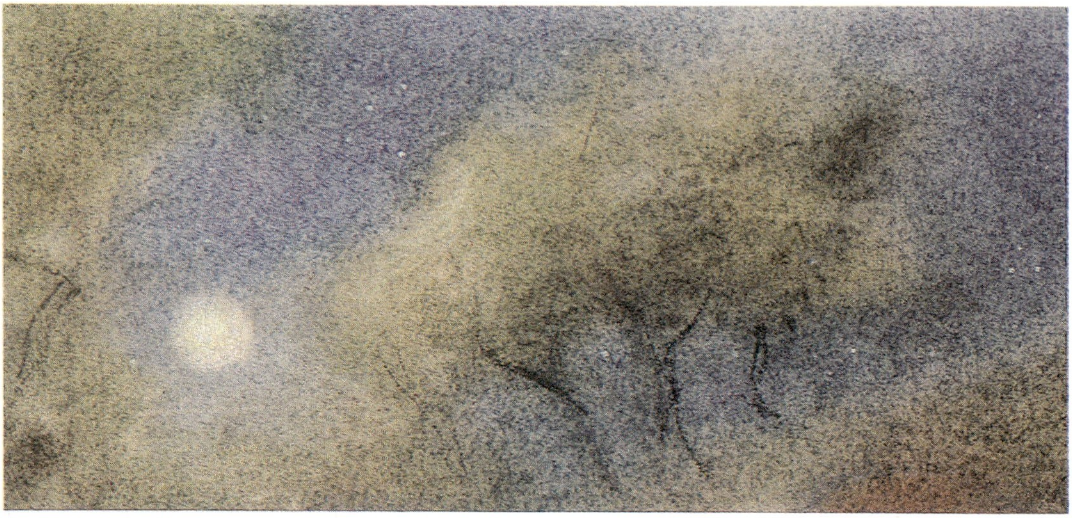

Brusquement, tel un coup de tonnerre, un son de *boula* éclate: PLAKATAK! dans le silence de la nuit, là-bas à l'autre bout du village. Tout le monde se précipite, les enfants les premiers qui soudain se souviennent.
Pendant que le conteur d'étoiles poursuit ses battements frénétiques, chacun se démène pour trouver une place confortable où s'asseoir. Puis il commence:
— TIM TIM!
— BWA SÈK!
répond l'assemblée d'une seule voix.
— TIM TIM!
— BWA SÈK!
— Connaissez-vous cette bête lumineuse qui certaines nuits sillonne le ciel comme une étoile filante? demande le conteur.
— Compère *Clindindin*! répondent les enfants.
— Hoooon non! cette bête est beaucoup moins amusante que les lucioles. Je me rappelle en avoir rencontré une, un soir, alors que j'étais presque aussi jeune que vous. J'habitais chez ma vieille grand-mère...
— Celle qui était si vieille qu'elle ne se souvenait plus de son âge?
— Oui! Mais elle prétendait avoir vu grandir le grand *fromager* centenaire qui était devant sa maison.

Un soir donc, il y a bien longtemps, peu avant six heures, ma grand-mère me demanda d'aller lui acheter un litre de pétrole à la boutique de Vévé, car il n'en restait plus assez dans la lampe pour passer la nuit.
Tout se passa très bien à l'aller. Mais lorsqu'il fallut revenir, une grande peur s'empara de moi.
Il faut vous dire qu'en ce temps-là, sans électricité à la campagne, les nuits étaient aussi profondes qu'un puits. Dedans on y trouvait, parfois réunis, des zombis, des *bèt-à-man Ibè*, des *Marinèt-bwa-sèk*, des *diablesses* et autres bêtes malfaisantes.
Gare aux attardés, à la croisée des chemins !

Le corps du conteur se fond maintenant dans l'obscurité.
Au moment de quitter la boutique, madame Vévé, avec ses gros yeux rouges, m'avait effrayé en disant qu'il était bien tard pour qu'un enfant s'aventure seul dans la nuit.

Le vent faisait danser les *campêches* et les feuilles du gros *mapou* qui bordaient le petit chemin sur lequel j'avançais, attentif au moindre bruit, à la forme du moindre buisson et du moindre objet. Je frissonnai en repensant aux yeux rouges de madame Vévé.

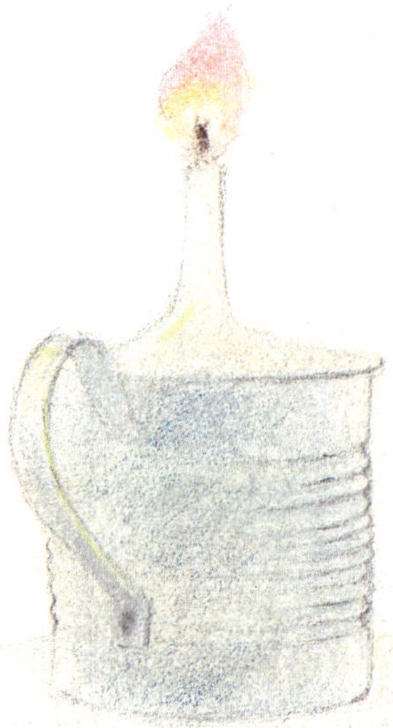

Pour me donner du courage je commençai à siffloter et à marcher sans hâte comme si je n'avais pas peur. Pourtant, à mesure que les maisons se faisaient plus rares et que l'obscurité m'enveloppait, ma frayeur grandissait. Le bruissement des arbres devenait des murmures. Je sentais la présence vague et terrifiante de cette chose, tout près de moi.
De gros nuages sombres aux allures de fantômes allaient maintenant gober la lune.
Au même instant, je sentis comme un souffle sur ma nuque. Je me retournai, il n'y avait rien, rien d'autre que l'obscurité.
Mais alors que je m'apprêtais à continuer je vis... je vis dans une masse sombre et informe, au beau milieu du chemin, une paire d'yeux énorme et brillante me regarder avidement.
Je tressaillis. La bouteille de pétrole s'échappa de ma main et se brisa en mille morceaux sur le sol.
— Ta grand-mère est bien imprudente de t'envoyer seul jusque là-bas! me dit la bête d'une voix étrangement fluette, tellement fluette qu'il me sembla impossible qu'un corps aussi gigantesque puisse abriter une si petite voix.
Je ne répondis rien. Je n'essayai pas non plus de forcer le passage, de peur que la bête ne se ruât sur moi.
N'avais-je pas entendu un jour que les bêtes de la nuit n'attaquent pas si on reste immobile...

Le conteur d'étoiles se gratte le crâne comme pour se souvenir de la suite de son histoire.
— Comment as-tu fait pour lui échapper? demande l'assemblée suspendue à ses lèvres.
— MMM...?
— Comment as-tu fait?
Et lui, avec un sourire:
— Quand la lune réapparut, je vis dressé devant moi un *mofwazé*, un chien énorme, haut de plusieurs mètres. Je suis resté là, debout, paralysé de peur, aveuglé par son regard et suffoqué par l'odeur de soufre qu'il dégageait à chaque respiration.
— *Ou pa kapon!* (Tu n'es pas poltron!) me dit un instant plus tard le quadrupède en rejoignant les bois, passe ton chemin!
Sans précipitation et sans me retourner je fis ce qu'il avait dit.
Mais, dès que je fus assez loin, le cœur battant à défaillir, je m'élançai de toute la force de mes jambes, croyant déjà la bête sur mes talons.
Les mains invisibles du conteur roulent un rythme fou qui s'accélère, tels les battements de trois fois mille cœurs en émoi. KOULOUKOUTAK KOULOUKOUTAK KOULOUKOUTAK...
ROYE ROYE! mes enfants si vous aviez vu ça! J'en ai encore la chair qui danse!
Arrivé au pied du grand fromager, une grande flamme, grande comme une... maison, apparut dans le ciel, arrêtant net ma course.

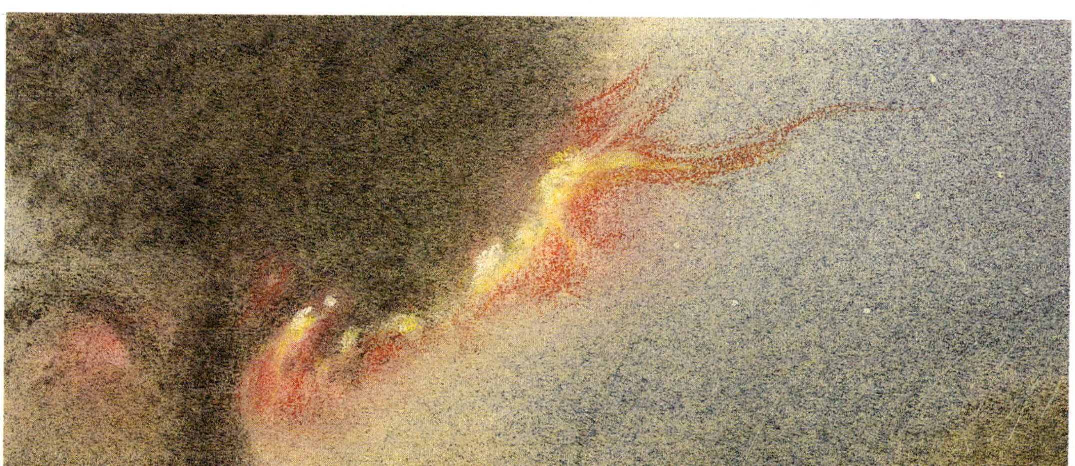

Un être hideux, un monstre qu'on aurait dit sorti de l'*œuf couvé sous l'aisselle un vendredi saint*, roussissait lentement dans ce brasier, mais sans jamais se consumer.
Quelle puanteur ! Une puanteur puante, une puanteur sans baptême !
— *Ola'w kay konsa ti-mal?* (Où vas-tu comme ça petit garçon?) crépita la bête dans un souffle brûlant, tandis qu'elle s'avançait. Je me mis à hurler, hurler jusqu'à ce qu'une main ne se posât sur ma bouche comme pour me bâillonner. Je crus alors que mon cœur allait s'arrêter de battre.
...KOULOUKOUTAK KOULOUKOUTAK PLAKA... TAK !
Le tambour se tait.
C'était ma grand-mère. Elle me fit signe de rentrer dans la maison sans crainte. Mais les forces me manquaient, je tombai le souffle coupé, la face contre terre, tandis que je l'entendais psalmodier dans une langue qui m'était inconnue.
Un moment plus tard, elle se mit à parler très très vite. Je relevai la tête.
A ma grande surprise, la bête, ayant perdu ses flammes, reculait devant ma grand-mère qui l'arrosait d'un liquide contenu dans une fiole.
Aussitôt, l'animal se changea en serpent, puis en mangouste, en chien, en chat, en rat, en souris... Mais ma grand-mère ne se laissait pas impressionner.
Tout à coup, BLOGODO ! l'animal tomba par terre. Et son corps reprit alors l'aspect d'un corps humain.
Me happant par un bras, ma grand-mère me ramena précipitamment dans sa maison. Dans l'embrasure de la porte, elle lapida de jurons (que je connaissais par cœur !) celui que je tenais pour mort :
— ZAKAKATÉLÉMAN MAN'W... !

Quand le conteur d'étoiles eut terminé son récit, personne ne bougea, personne ne dit mot. Tous semblaient comme pétrifiés.
Alors, pour détendre l'atmosphère, il bat son tambour, et chante une drôle de mélopée dont il vient d'inventer les paroles.
Tout le monde se met à rire.
La gorge ainsi dénouée, on lui pose mille et une questions:
— Si ce n'est pas un clindindin, comment appelle-t-on alors ces bêtes lumineuses-qui-volent-la-nuit-comme-des-étoiles-filantes?
— Ce sont des *Soukounyans*, des *Bêtes-à-feu*, chuchote le conteur de façon mystérieuse, levant la tête vers le ciel comme s'il pouvait voir la multitude des étoiles. Mais, n'allez pas croire que les étoiles sont des *Soukounyans*!
On rit encore.
— Que contenait la petite fiole? demande la plus curieuse des petites filles.
— Ha? Ce qu'elle contenait? fait le conteur d'un air malin comme s'il ne savait pas de quoi il s'agissait. Hum! J'ai oublié!

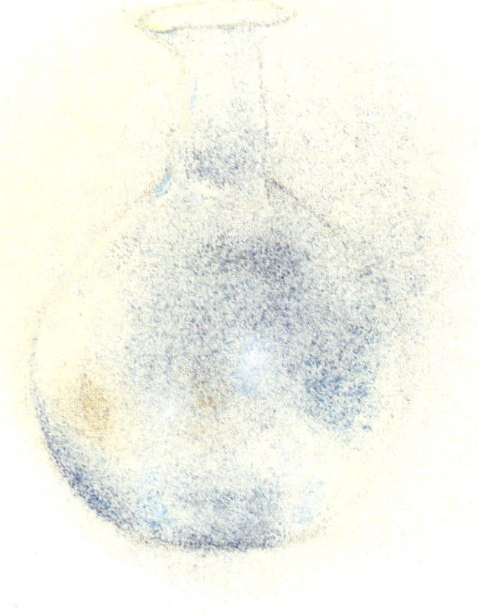

TAN TANTE
VEVE
BAR

Évidemment aucun enfant ne le croit, et ils comptent bien une autre fois lui ravir la vérité.
De nouveau, le conteur fait vibrer la peau de son tambour, puis il reprend :
— Le lendemain, ma grand-mère m'envoya acheter une autre bouteille de pétrole ! Et quelle ne fut pas ma surprise en voyant le visage de madame Vévé, ses bras, ses jambes enflés ! Je compris alors que c'était elle, la bête à feu de l'autre nuit.
Elle me fit un sourire gêné. Et depuis, plus jamais je ne fus tracassé par elle ou par quelque autre *Soukounyan,* pourtant ils étaient nombreux en ce temps-là ! On prétendait même que ma grand-mère...

Encore impressionnés par le récit qu'ils viennent d'entendre, les enfants se couchent en tremblant ce soir-là. Mais, dès la nuit suivante et beaucoup d'autres nuits, ils reviennent écouter le vieux conteur, qui leur parle de tant et tant de choses qu'ils ont l'impression que jamais sa réserve d'histoires ne tarira. Et ils comprennent pourquoi on le nomme le « conteur d'étoiles », celui-qui-connaît-autant-d'histoires-qu'il-y-a-d'étoiles-dans-le-ciel.
Quand le courant fut rétabli, personne ne se précipita chez l'institutrice.
Certes, les enfants allaient toujours voir l'autre, mais ce n'était plus comme avant. Ils savaient l'arrêter quelquefois, pour s'émerveiller des récits toujours renouvelés du conteur d'étoiles.

Bèt-a-man-Ibé: Textuellement «Bête à Madame Ibère»; bête d'autant plus monstrueuse que personne ne l'a vue.

Boula: Tambour. Le conteur peut se faire accompagner d'un joueur de tambour, c'est le marqueur de paroles. (**Rouclé un boula**: Hurler un tambour.)

Campêche: Arbuste épineux, en bordure des chemins.

Carême: Correspond à la saison sèche. L'hivernage est celle des pluies.

Clindindin: Nom enfantin des lucioles.

Diablesse: Femme aguichante, dont un pied est un sabot de cheval. La diablesse séduit ses victimes avant de les jeter dans un précipice la tête la première.

Fromager: Grand arbre, lieu d'habitation des esprits.

Kapon: Lâche, poltron.

Mapou: Gros arbre habité également par les esprits.

Marinèt-bwa-sèk: Divinité d'une secte vaudou en Haïti.

Mèt-à-mannyok: Maître du jeu.

Mofwazé: Chien maléfique et gigantesque, qui a la faculté de parcourir plusieurs lieues en peu de temps.
C'est le résultat de la métamorphose d'une personne.

Œuf couvé du vendredi saint: L'œuf pondu par une poule noire un vendredi saint et couvé par un homme, en le portant sous l'aisselle, donne naissance à un ti-mons (petit monstre). Il procure richesse à son propriétaire tant que celui-ci le nourrit de viande. Et bien qu'il soit sans corps il n'y a pas au monde un animal plus laid.

Rété kouté mé zanmi: Écoutez donc mes amis.

Soukounyan, volant ou **Bête-à-feu**: Pour se transformer en boule de feu, les sorcières enlèvent leur peau à l'aide d'onguents et de formules magiques. C'est alors qu'elles peuvent s'envoler.
Une des solutions pour les tuer consiste à imbiber leur peau de sel (ou de piment!) qu'elles laissent accrochée à leur porte! Ne pouvant plus reprendre forme humaine, elles sont consumées par leur propre feu.

Ti-mal: Petit garçon.

Tim tim Bwa sèk: Formule précédant une devinette.

Ces contes, qui jadis étaient dits le soir dans les cases éclairées par la faible lumière des lampes à huile, à pétrole ou encore dehors sous des myriades d'étoiles, sont de nos jours presque oubliés. Pourtant, il arrive qu'on entende d'un village éloigné, sur l'île de Marie-Galante notamment, là où dit-on les chiens aboient à l'envers, *roucié un boula* et un conteur lancer pour s'assurer de l'attention du public :

TIM TIM !

ou encore :

KRIK KRAK !
Yéééé MISTIKRIK !
Yééé MISTIKRAK ! (durant les veillées mortuaires)

A ces mots, la nuit se peuple d'êtres de toutes sortes. Le conteur peut apprivoiser la parole, et son auditoire voyager dans l'imaginaire. Le public ne fait pas d'ailleurs qu'écouter mais participe au récit sous forme de questions/réponses, ou de commentaires.
Mais le conteur demeure le véritable *mèt-à-mannyok*. Car il connaît l'envers, l'endroit, le devant et le derrière de la parole.
Celle qui nous fait rire jusque derrière les oreilles, de ces choses qui font pleurer le jour ; et celle qui fait danser la chair de frayeur.
Lui seul peut faire tomber le rideau. Jusqu'où nous emmènera-t-il ce soir ? Qui va-t-on rencontrer ?
Peut-être nous-même, car il n'est pas exclu qu'un auditeur devienne acteur dans un de ces récits ! Dans ces conditions, pas question de « bobi » — somnoler !

Et maintenant :

« Rété kouté
Kouté pou'w tann
Tann pou'w konprenn ! »

« Écoute
Écoute pour entendre
Entends pour comprendre ! »